U0548309

图书在版编目（CIP）数据

找到兴趣爱好的方法 /（日）高井喜和文图；常娜译. -- 北京：北京联合出版公司, 2023.3
ISBN 978-7-5596-6555-3

Ⅰ.①找… Ⅱ.①高… ②常… Ⅲ.①儿童故事—图画故事—日本—现代 Ⅳ.①I313.85

中国国家版本馆CIP数据核字（2023）第010264号

SUKI NA KOTO NO MITSUKE KATA by Yoshikazu Takai
Copyright © Yoshikazu Takai,2018
All rights reserved.
Original Japanese edition published by Dainippon-Tosho Publishing Co.,Ltd.

This Simplified Chinese language edition is published by arrangement with
Dainippon-Tosho Publishing Co.,Ltd.,Tokyo in care of Tuttle-Mori Agency,Inc.,Tokyo

Simplified Chinese edition copyright © 2023 by Beijing United Publishing Co., Ltd.
All rights reserved.
本作品中文简体字版权由北京联合出版有限责任公司所有

找到兴趣爱好的方法

[日] 高井喜和　文 / 图
常娜　译

出　品　人：赵红仕
出版监制：刘　凯　赵鑫玮
选题策划：联合低音
责任编辑：蒚　鑫
装帧设计：聯合書莊

关注联合低音

北京联合出版公司出版
（北京市西城区德外大街83号楼9层　100088）
北京联合天畅文化传播公司发行
北京华联印刷有限公司印刷　新华书店经销
字数10千字　889毫米×1194毫米　1/16　2.5印张
2023年3月第1版　2023年3月第1次印刷
ISBN 978-7-5596-6555-3
定价：42.00元

版权所有，侵权必究
未经许可，不得以任何方式复制或抄袭本书部分或全部内容
本书若有质量问题，请与本公司图书销售中心联系调换。电话：（010）64258472-800

找到兴趣爱好的方法

[日] 高井喜和 文/图　常娜 译

我是高井喜和。
你想过为什么要学习吗?

北京联合出版公司
Beijing United Publishing Co.,Ltd.

大家都是怎么想的呢？

我不太喜欢。

因为学校是学习的地方。

好想接着看漫画啊！但是……

不需要。

只上体育课就好了。

不知道!

为什么1+1等于2呢?

因为爸妈和老师要求我们学习。

为什么讨厌学习呢?

因为很难。

因为不开心。

现在的学习对我们长大之后真的有用吗?

需要记住的内容太多啦!

因为不学习会被骂。

但是,我是这样想的……

我非常喜欢画画,
原本以为我只想着画画就够了,
可是,我画不好自己不知道的东西。

不过，在看图鉴的时候，
我想：如果有"知识"的话，或许就能画好啦。

所谓"知识",就是知道很多东西。

知识是从学习中获取的。

所以,我们要学习呀!

你可能会想:"啊!必须学习吗?"

我非常理解你的心情。

因为我曾经也有过同样的想法。

即使别人说"快做",我也会想:"真的有必要吗?"

认真做作业了吗?

不过，如果有"知识"的话，
就有可能画出精彩的画作。
例如：

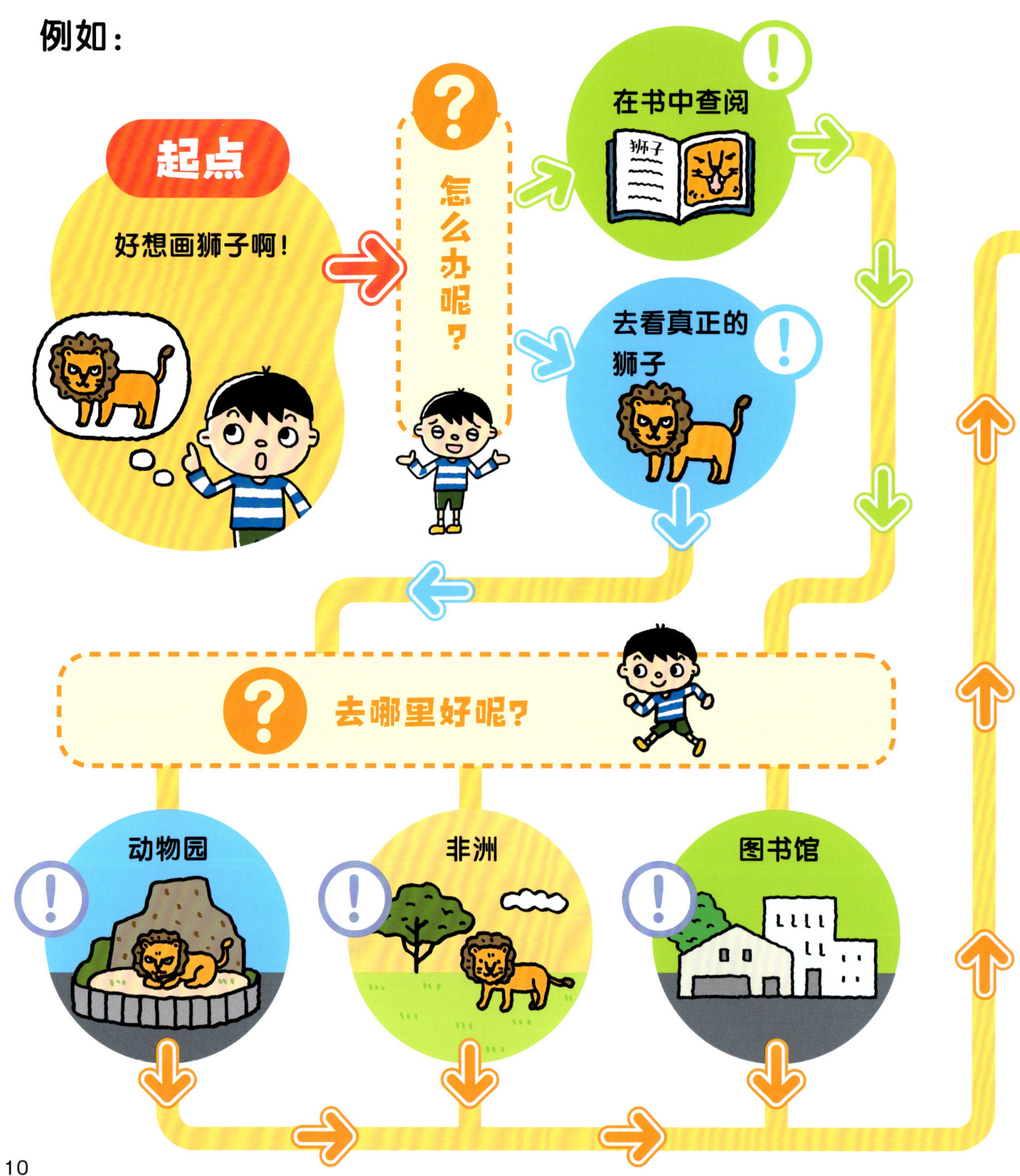

起点
好想画狮子啊！

怎么办呢？

在书中查阅

去看真正的狮子

去哪里好呢？

动物园　　非洲　　图书馆

?	?	?		结果
怎么去呢？	要花多少钱呢？	要花多长时间呢？	动物园 →	看了真正的狮子之后，画了一幅好画。
			非洲 →	去一趟非洲要花很多钱，但是，真想有机会去看看啊！
			图书馆 →	虽然比不上真正的狮子，但是在画之前已经看了很多照片。

还有一种方法就是可以照着玩具狮子来画。

如果有知识，就可以想出各种各样的办法。

我画的画

在去之前，最好调查一下需要去什么地方参观，并把去往目的地所需要乘坐的电车、公共汽车的车票钱算清楚。因为如果算错了找给自己的零钱，也是很麻烦的！

知识能让我们喜欢的事情变得更加有趣。
所以，我觉得还是有"知识"好。
但是，可能有人会说："我没有喜欢的事情啊……"
这种情况下，我们可以这样思考。

没有喜欢的事情！

要找到自己喜欢的事情,
我认为最重要的是 "好奇心" 和 "想象力"。

所谓"好奇心",
就是想知道很多事情的心情。

恐龙为什么灭亡了呢?

为什么会下雨呢?

金钱很重要吗?

喝牛奶会长高吗?

所谓"想象力",
就是在头脑中创造新事物的过程,
例如"如果有这种东西就好啦!
这样的话,就能把事情做好!"等等。

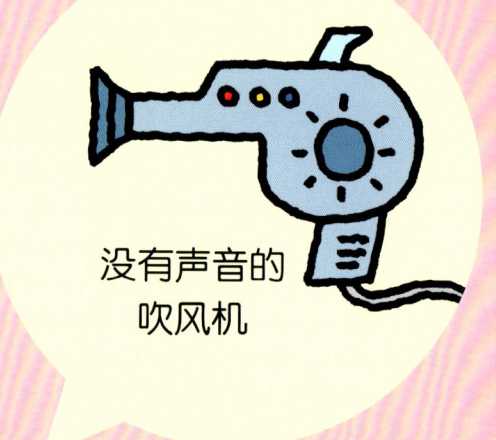

没有声音的吹风机

AI(人工智能)机器人

在天空中飞行的汽车

返老还童的灵药

怎么用都不会变短的蜡笔

绝不会让你睡懒觉的
闹钟

怎么吃也吃不完的
巧克力

能拍到未来的
照相机

使人能够倒立着
在单杠上运动的
工具

能和动物交流的
麦克风

我虽然也喜欢足球,可是并不擅长。
但是,在"足球运动员是怎么训练的呢?"
这种"好奇心"和"如果模仿他们训练的话……"
这种"想象力"的驱动下,

和大家一起"开动脑筋"练习之后，
我居然赢了比赛。

也就是说，

把"好奇心"和"想象力",
以及试图找到好方法的"开动脑筋"这三者结合起来,
就会产生新的想法或者找到自己喜欢的事情。

思考 ①

为什么呢?
怎么做?

好奇心

充满好奇心的人

新的东西

想象力

充满想象力的人

开动脑筋

爱动脑筋的人

那么，我们一起来玩一个游戏吧——通过搭配组合某些东西，创造出新的东西或者自己喜欢的东西。

回到起点

发动机

铅笔

勺子

电话

鞋子

电脑

自行车

照相机

轮胎

叉子

橡皮

例如，我们可以创造出这些物品。

铅笔 + 橡皮

! 带橡皮的铅笔

勺子 + 叉子

! 前端裂开的、同时具有叉子功能的勺子

电脑 + 照相机 + 电话

! 智能手机

自行车 + 发动机

! 摩托车

鞋 + 轮胎

! 轮滑鞋

如果能有这种物品，应该会很有趣吧！

照相机 + 轮胎

! 带轮胎的、可转来转去的照相机

为了找到自己喜欢的事情而思考，
你不觉得很开心吗？

外国的独角仙

点心

妖怪

我喜欢的东西好多啊！

雪人

漫画

思考 2

好奇心 — 充满好奇心的人

学习知识 — 有知识的人

新的东西

想象力 — 充满想象力的人

开动脑筋 — 爱动脑筋的人

> 把很多事情组合在一起思考的话，就找到自己喜欢的事情啦！

虽然别人要求我们学习会让我们感到很没意思，但是我认为学习也是找到自己喜欢的事情的机会。

因为最近发生了这样的事情，

我发现了一只以前从来没有见过的虫子。

这是什么虫子呢？
我要在图鉴上查一查

我要去捉虫子

杂树丛　　　草地　　　花圃

| 饲养虫子 | 观察并做记录 |

它在杂树丛里生活,叫作毛象大兜虫。

大家看过法布尔的《昆虫记》吗？这是一本研究昆虫的书。

像法布尔那样真是太帅了！

了解昆虫也是一件很愉快的事情啊！

毛象大兜虫的食物是用水果果汁做的果冻。

高井喜和
《昆虫树》

我也非常喜欢昆虫！

怎么样？难道你不想找到自己喜欢的事情吗？
通过游戏，思考一下吧！

游戏：找到自己喜欢的事情

请按照 1 ~ 5 的顺序，思考一下吧！

★ 尝试着写出你的情况吧！

1 现在很在意……

▶ ....

2 真想了解更多啊！
（怎么样才能了解更多呢？）

▶ ....

3 尝试一下吧！
（做什么事情呢？）

▶ ....

4 尝试之后，发现很有趣。
（什么才是有趣的呢？）

▶ ....

5 好像很喜欢……

▶ ....

※ 请把此页复印使用吧！

给读者的话

我去小学演讲的时候,曾经有孩子问我:"为什么我们必须学习呢?"我一直在想,我应该对这些孩子说些什么呢?

实际上,我小时候也不擅长学习。我感觉自己好像是被强迫的,一点都不开心。但是小学高年级的时候,班主任很重视我唯一擅长的图画手工课,这给我带来了转机。我想得到这位老师的喜爱,所以不仅仅是图画手工课,我还在图书室读了很多书,填满了老师制作的"读完一本书就涂满一格的读书表"。

通过这件事情,我体会到了前所未有的愉悦感。现在想来,那种体验和我成为图画书作家是有关联的。

在孩子小时候,请大家让他们亲身体验各种各样的事情。如果亲身体验有困难的话,请带孩子多读一些图画书。请把书放在孩子可以够得着的地方。这些体验和经历,能够培养孩子的好奇心,激发孩子的想象力。

关于"想象力"和"创造力"这两个词,即"思考的能力"和"创造的能力"。我认为拥有了这两种能力,就具备了活在未来的力量。

对于孩子们提出的"为什么我们必须学习呢?"这个问题,这本书应该能给出一些解答。我特别想把这本书送给不擅长学习的孩子们。

高井喜和

1961年3月5日出生于日本大阪府堺市,毕业于大阪艺术大学设计专业,现担任京田创意(Kyoda Creation)株式会社的社长。其作品在2001年、2003年、2006年和2011年均入选了博洛尼亚国际童书展。此外,他还从事动漫角色设计工作。他将招财猫与不倒翁融为一体,创作出了世界上最喜庆的动漫形象"NEKODARUMAN WORLD"。其他作品有《怪谈餐厅》系列《黑熊故事》系列、《寻找神秘生物UMA》、个人传记随笔集《动漫形象设计工作》,以及儿童图画书《交朋友的方法》等。他的创作宗旨是让看到作品的人充满活力。